こぶたのタミー学校へいく

かわのむつみ●作　下間文恵●絵

国土社

もくじ

1 学校《がっこう》へいく日《ひ》 6
2 であったのは、カメ 16
3 へんなおじさん 28
4 ぶた語《ご》は、かんたん？ 33

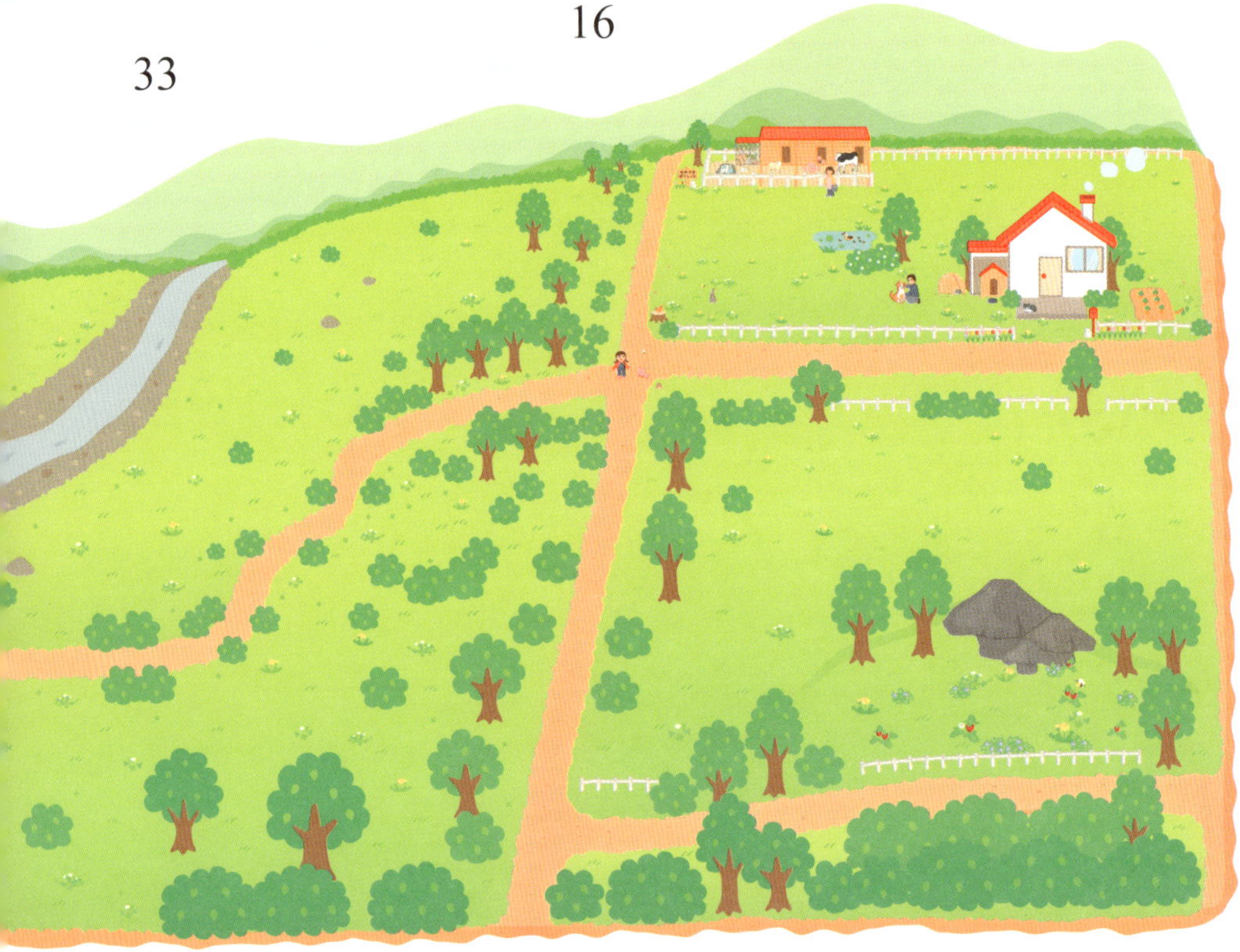

5 こぶたのいるきょうしつ 40
6 みどり先生《せんせい》のひみつ 56
7 にんきものタミー 62
8 ほんとうのこと 68
9 おとしぬし、みーつけた! 75

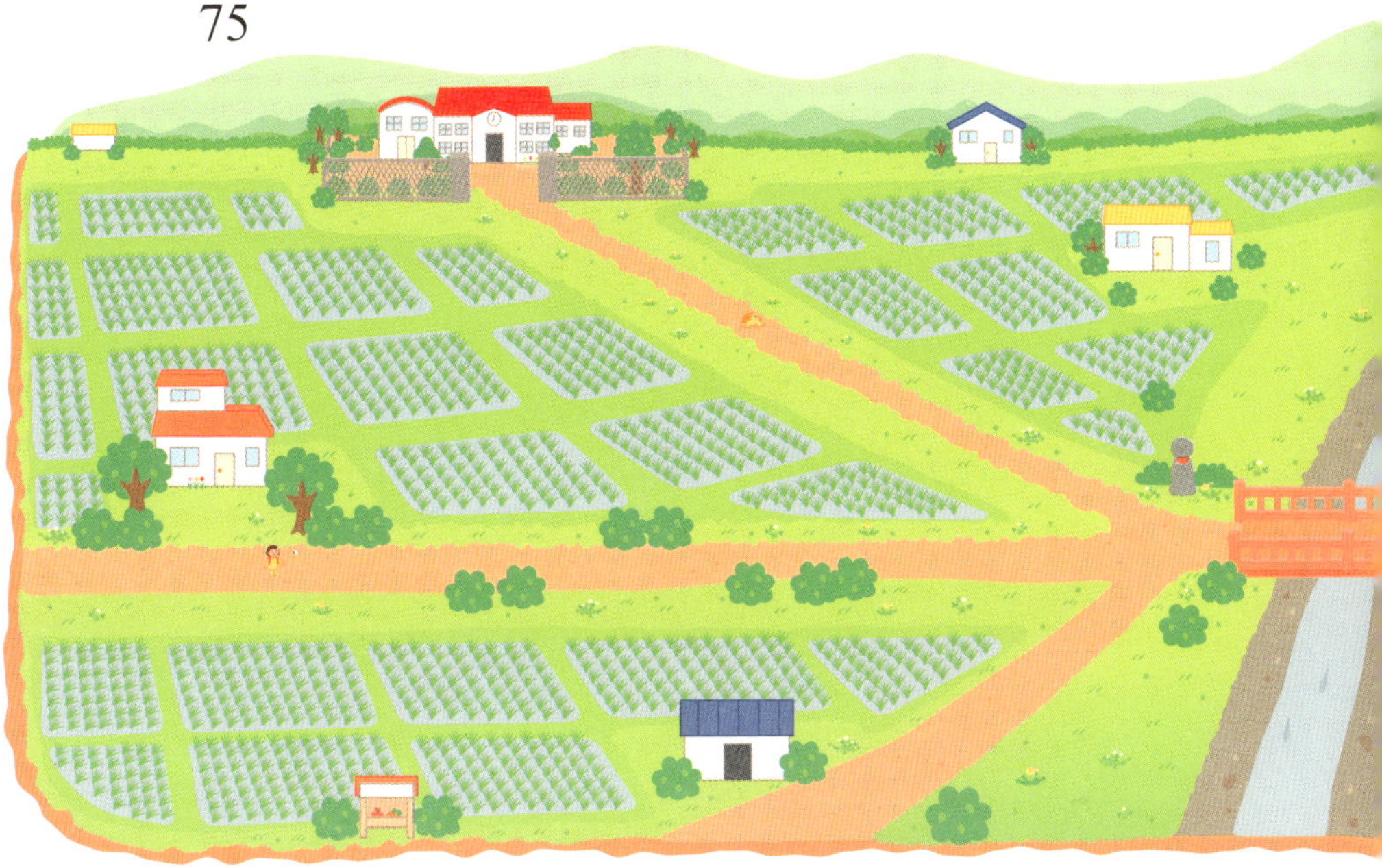

♪　クック、コッコ、コケコッコーーーーー！

　ここは、山《やま》のふもとのぼくじょうです。

二年生《にねんせい》のおんなの子《こ》、マキちゃんの家《いえ》です。

「おはよう、リキ丸《まる》！」

　マキちゃんは、
いぬ小屋《ごや》のまえをとおりすぎ、

「おはよう、コケッコおばさん！」

にわとり小屋《ごや》をのぞき、

「モー子《こ》、いってきまーす！」

めうしに手《て》をふりました。そして、

「タミー、タミーは、どこ？」
こぶたの名《な》まえをよびました。
「マキちゃん、
ぼく、ここだよーっ。
それじゃあ
かあさん、ぼく、
いってきまーす！」
こぶたのタミーは、
マキちゃんといっしょに、
学校《がっこう》にむかって、あるきだしました。

1 学校《がっこう》へいく日《ひ》

タミーは、しりたがり屋《や》のこぶたです。
タミーは、人《ひと》のことばが
わかるし、マキちゃんも、
タミーのことばが
ちゃんとわかるのです。
きのう、マキちゃんに
学校《がっこう》のことを、たくさん
おしえてもらいました。

「マキちゃん、
あしたも学校《がっこう》にいくの？」
「そうよ。ともだちと、
おべんきょう！
やすみじかんには、
シュルルーって、
すべりだいですべるの。
きゅうしょくも、
みーんなでたべるのよ」
「みーんなたべる？　きゅうしょくに

シュルルーに、おべんきょう?

それって、おもしろそう!」

タミーは、目《め》をかがやかせました。

「きめた。ぼくも学校《がっこう》にいくよ!」

「えーっ?」

マキちゃんは、びっくり。

それに、ちょっとしんぱいです。

「だけど……。

みんなも、よろこぶかも!

じゃあ、一日《いちにち》だけね」

そしてきょう、タミーは
学校《がっこう》へいくことになったのです。

タミーは、さか道《みち》を、
トントコトントコ、
おりていきました。
「あのね、草地《くさち》でいちばんおいしいのは、
クローバーだって。モー子《こ》先生《せんせい》がいってた。
ぼくは、野《の》いちごのほうがすきだけどね！」

タミーは、めうしのモー子《こ》先生《せんせい》に、
おいしい草《くさ》のみわけかたを、おそわりました。

さか道《みち》がおわると、
こんどは、くねくね道《みち》。
「マキちゃん、みて！
ぼく二本足《にほんあし》でたてるよ！」
タミーは、うしろ足《あし》だけで
あるきはじめました。
めんどりのコケッコ先生《せんせい》に、
二本足《にほんあし》でバランスをとるコツを
おそわったのです。

くねくね道《みち》をぬけ、はしをわたると、
道《みち》ばたに、おじぞうさんが
たっていました。
「あっ、こんにちは！
ぼく、タミーだよ」
タミーは、おじぞうさんに
ペコリとおじぎしました。
でも、おじぞうさんは、
なんにもいいません。
タミーはがっかり……。

けれども顔《かお》をあげて、まわりを
かんさつしました。
リキ丸先生《まるせんせい》におそわったことを
おもいだしたのです。
「右《みぎ》みて、左《ひだり》みて、
クルッとまわって！」
だれも……、いません。
まわりに、田《た》んぼが
ひろがっているだけです。
道《みち》がここから三《みっ》つにわかれています。

「ねえねえ、マキちゃん。
学校《がっこう》はどっち？　ぼく、
はやくいきたいなあ！
学校《がっこう》には、ホントの先生《せんせい》が
いるんだってね。
リキ丸先生《まるせんせい》が、いってた」
タミーは、リキ丸先生《まるせんせい》に
もらった赤《あか》いバンダナを
マキちゃんにみせながら、いいました。
「それ、とってもステキよ。

あのね、学校《がっこう》の屋根《やね》は、
そのバンダナとおなじ色《いろ》よ」
マキちゃんがこたえました。
右《みぎ》の道《みち》のつきあたりに、
小《ちい》さく赤《あか》い屋根《やね》が
みえています。
「わーい。
みーつけた！」
タミーは、
おもわず

はしりだしました。
「まって、タミー。ここで、
すみれちゃんをまって、
いっしょにいくのよ！」
マキちゃんがよんでも、
もう、とまれません。
「ぼく、ひとりでへいき。
さきにいってるからねー！」
タミーは、一本道《いっぽんみち》を、
とぶようにはしっていきました。

2 であったのは、カメ

♪ キンコーン、カンコーン……。

ここは、赤《あか》い屋根《やね》の学校《がっこう》、つぼみ小学校《しょうがっこう》です。

朝《あさ》いちばんにやってきたのは、校長先生《こうちょうせんせい》。

校舎《こうしゃ》のなかをみまわって、
ろうかにおちていたハンカチをひろいました。

子《こ》どもたちがくるまでには、まだまだ、たっぷりじかんが
あります。校長先生《こうちょうせんせい》は、なかにわにいってみました。

「ほう、きょうも、いい天気《てんき》だなあ！」

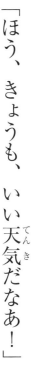

なかにわの小《ち》さないけには、
年《とし》とったカメがすんでいます。
「おーい、カメジロウ、
おはよう！」
校長先生《こうちょうせんせい》は、声《こえ》をかけました。
「おや？　へんだぞ」
カメジロウのへんじが、ありません。
「あっ、もしかして……」
いけをでて、学校《がっこう》のそとへ
いってしまったのでしょうか。

まえにも、こんなことがあったのです。
校長先生《こうちょうせんせい》は、あみをかついで、
カメジロウをさがしに、
校門《こうもん》からとびだしました。

ちょうどおなじころ、タミーは、
もうスピードで、小学校《しょうがっこう》までの
一本道《いっぽんみち》をはしっていました。
すると、道《みち》のまんなかに
大《おお》きな石《いし》がころがっていました。

「うわわ～～！」

石《いし》をよけたとたん、
ヒューーン……、
ドッボンッ！
タミーは、田《た》んぼのなかに
おっこちてしまいました。
「うわーん、いたいよう！
おかあさーん。マキちゃーん！」
べそをかいて道《みち》にあがってくると、
「こらこら、なくな……」
どこからか、声《こえ》がしました。

「だ、だれなの？」

タミーは、あたりをみまわしました。

「おい、こぶた。そんなにいそいで、どこへいくんじゃ？」

「あれっ、石《いし》がおしゃべりしてるの？」

タミーは、顔《かお》のどろをぬぐって、くびをかしげました。

すると、石《いし》から、ニョインニョインと手《て》がはえ、足《あし》がはえ、顔《かお》もはえてきました。

「石《いし》じゃないわい、わしはカメの
カメジロウじゃ！
カメをしらんのか？」
カメは、しわだらけの顔《かお》を、
もっとしかめました。
「ぼく、いろいろしってるよ。
でも、しらないこともある。
たとえば、カメっていう、
しゃべる石《いし》のこととかね……。
だから、ぼく、学校《がっこう》にいって、

おべんきょうをたべるんだ。
きゅうしょくも、がんばるよ！」
タミーが、いっしょうけんめい
せつめいしたので、
「ふむ。そりゃ、すまなかった。
おまえをしかるつもりは
なかったんじゃ」
カメはしかめた顔《かお》をもとにもどし、
やさしい声《こえ》でいいました。
「学校《がっこう》にいくのはいいとして……、

たべるのは、きゅうしょくで、
がんばるのは、べんきょうじゃろ。
まあ、いっておいで」
「カメさんは、どこへ？」
「ふむ。じつは、わしも、
学校《がっこう》にもどるところじゃよ。
わしのすみかは、学校《がっこう》のいけなのだ。
ゆうべ、月《つき》があんまり
きれいだったから、
フラリと、さんぽにでたんじゃ。

さあ、かえるとするか……」
「じゃあ、学校《がっこう》までいっしょにいこうよ！」
タミーは、カメジロウと
ならんであるきはじめました。
カメジロウが田《た》んぼ道《みち》を、
ズル…ズズズ…ズリ…ズズズ、
あるいていきます。
タミーもあわせて、
トーン…トコ…トーン…トコ、
あるいていきます。

カメジロウが、あまりにゆっくりなので、
タミーは、がまんできなくなりました。
「ねぇ、ぼくのせなかにのって！
おんぶしていってあげるよ！」
カメジロウは、タミーのせなかに
はいあがろうとしました。
でも、なかなかうまくいきません。
「ぼく、いいことをおもいついた！」
タミーは、カメジロウを、
あたまの上《うえ》にのせました。

そして、うたを
うたいはじめました。
うたうと、
クルクルしたくなりました。
タミーがクルクルまわると、
カメジロウも、あたまの上《うえ》で
クルクルまわります。
タミーは、うたいながら、
クルクルしながら……、
あるいていきました。

3 へんなおじさん

「おーい、カメジロウ、どこだーい？」
カメをさがして、校長先生《こうちょうせんせい》が、
一本道《いっぽんみち》をあるいています。
「おーい、カメジロ……、おっ？」
校長先生《こうちょうせんせい》は、びっくりして
たちどまりました。
あたまにカメをのせたこぶたが、
あるいてきます。

「こりゃ、ゆめなのか？」
校長先生《こうちょうせんせい》は、メガネをずらして
目《め》をこすりました。
タミーのほうも、
むこうからあるいてくる
へんなおじさんに
気《き》がつきました。
あみをかついでいます。
メガネが、はなのさきから
いまにもおっこちそうです。

「あっ、あやしいやつ！」

タミーは、カメジロウをおろして、
ブヒッと、はなをならしました。

すると……、

「おやっ？　ちがうちがう、
ありゃ校長先生《こうちょうせんせい》じゃ！」

カメジロウがいいました。

「えーっ？」

そうぞうしていた学校《がっこう》の先生《せんせい》とは、ぜんぜんちがいます。

タミーは、トコトコちかづいて、ペコリとおじぎしました。

「こんにちは！
ぼく、タミーだよ。
おじさん、ホントの先生《せんせい》なの？
そうはみえないけど！」
校長先生《こうちょうせんせい》は、おどろいて、
口《くち》をぽっかりあけました。
こぶたの
いったことが、
ちゃんと
わかったのです。

「こ、こんにちは。タミーくん。
カメジロウを、つれてきて
くれたんだね。
どうもありがとう！」
校長先生《こうちょうせんせい》は、おもわず、
こぶたと、あくしゅを
していました。
こうして、タミーと、
カメジロウと、校長先生《こうちょうせんせい》は、
学校《がっこう》にむかってあるきだしました。

4 ぶた語《ご》は、かんたん？

マキちゃんとすみれちゃんが、タミーたちにおいつき、みんないっしょに学校《がっこう》の門《もん》をくぐりました。

花《か》だんには、いろいろな花《はな》がさいています。ちょうど花《はな》をうえていた先生《せんせい》が、声《こえ》をあげました。

「あら、まあ！　ぶ……」

「ぶたさんだっ！」
水《みず》をまいていた女《おんな》の子《こ》も、
目《め》を丸《まる》くしました。
「おはよう。いつも、
花《はな》のおせわをありがとう！
二年一組《にねんいちくみ》のゆりちゃんだね」
校長先生《こうちょうせんせい》が、
にこやかにいいました。
「みどり先生《せんせい》も、ちょうどよかった！
この子《こ》は、ののやまタミーくん。

きょう一日《いちにち》、べんきょうさせて
あげてください」
「の、ののやま？」
　みどり先生《せんせい》が、
ききかえしました。
「タミーは、
うちのこぶたです。
すごくおりこうなんです！」
　マキちゃんが、タミーのどろを
あらいおとしながら、いいました。

「こ、こぶたが、べんきょうだなんて、
そんなの、へんてこ……だし、
きいたことが
ありませんわ！」
みどり先生《せんせい》は、
こまった顔《かお》をしました。
「そうそう。すっごく、
へんてこりん。でも、
おもしろそう！」
と、ゆりちゃん。

「ぼく、マキちゃんちのこぶたです。
おべんきょう、だいすき！
おばさん、ホントの先生《せんせい》なの？」
タミーが、みどり先生《せんせい》を
みあげました。すると、
「ほう。べんきょうが
すきかい？　えらいぞ！」
校長先生《こうちょうせんせい》が、
タミーのあたまをなでました。
「もしかして……、校長先生《こうちょうせんせい》って、

ぶた語《ご》がわかるんですか？　カッコいい！」
すみれちゃんがいいました。
「ワハハ、ま、まあな。
えい語《ご》より、かんたんだよ」
校長先生《こうちょうせんせい》はニコニコです。
みどり先生《せんせい》は
びっくりしました。
「えい語《ご》より……かんたん？」
えい語《ご》がとくいで、耳《みみ》がいいのが、
みどり先生《せんせい》のじまんです。それで、

つい、校長先生《こうちょうせんせい》のまねをしました。
「ウフフ、そ、そうね。
えい語《ご》よりは、かんたんね。
タミーくん、ちゃんと
おべんきょうしたいなら、
あとで、きょうしつに
いらっしゃい」
「は、はい、先生《せんせい》!」
タミーは、大《おお》よろこびで、
うなずきました。

5 こぶたのいるきょうしつ

タミーは、マキちゃんといっしょに、二年生《にねんせい》のきょうしつに、いきました。

「うわーい！　トンネルだ！」

おもわずロッカーのなかにとびこみました。すると……、

「タミーくん！

まえにいらっしゃい。

さあ、みんな、せきについて！

あたらしいおともだちを、
しょうかいします」
と、みどり先生《せんせい》。
子《こ》どもたちが、
すぐにいすにすわりました。
さすが、ホントの先生《せんせい》、
どうどうとしています。
タミーも、先生《せんせい》のとなりで
むねをはりました。
そのとたん……、

「ぶひゃー！　おともだちって？」

「ぶひょー！　そのこぶた？」

そっくりな顔《かお》をしたふたりの子《こ》が、
たちあがりました。

あおいシャツに、半《はん》ズボン。

ふたりは、きているものもおなじです。

「やっくん、よっくん、しずかに！

そうよ。タミーくんです。

せきは、ふたりのあいだです」

先生《せんせい》がせきを、ゆびさしました。

タミーがそこにいき、いすの上《うえ》に、トンッと
とびのると、みどり先生《せんせい》がいいました。
「タミーくん、そこで
じっとしていてね。
いい、がんばれますね！」
「えっ？
は、はい、先生《せんせい》……」
じっとしていることが
がんばることなら、やってみるしか
ありません。すぐに、はなのあなが

かゆくなったけれど、タミーは、がまんしました。
一《いち》じかんめ。
さんすうがはじまりました。
「一年生《いちねんせい》のふくしゅうよ。
七《なな》このりんごと、
六《ろっ》このりんごを
あわせると、なんこですか」
みどり先生《せんせい》が、こくばんに、
もんだいを、かきました。

「あわせる？　りんごを、
くっつけるってことだよね？」
タミーは、
くびかざりみたいに
つながった
りんごをおもいうかべて、
にんまりしました。
すると、
ツンッ！
だれかが、うしろから

タミーのおしりを、つっつきました。
「な、なにっ？」
ふりむくと、
やっくんとよっくんが、
はなのあなをふくらませて、
タミーの顔《かお》まねをしています。
タミーは、おもわず
ブヒッと、ふきだしてしまいました。
「しずかに！」
と、みどり先生《せんせい》。

しばらくすると、
だれかが、タミーの耳《みみ》に、
フーーッと、いきをふきかけました。
「うわぁ〜、くすぐったいよう」
タミーは、ブヒブヒッと
わらってしまいました。
また、やっくんとよっくんの
いたずらです。
「だれですか？　おならをしたのは！」
先生《せんせい》が、こっちをむきました。

「センセー、タミーくんです」
「おならをしたのは、
タミーくんです！」
タミーは、びっくりしました。
おならをしたと、
いわれたからではありません。
やっくんとよっくんが、
あっというまに、せきにもどり、
いきをぴったりあわせて、
タミーをゆびさしたからです。

「すごいなあ！　どうしたら、
あんなふうに、ぴったり
できるんだろう？」
　タミーは、目《め》をきらきらさせて、
ふたりをみくらべました。
「あれっ、いったい……、どっちが
やっくんで、どっちがよっくん？」
　タミーは、
ふたごのみわけかたを、
かんがえはじめました。

そのとき、
「では、タミーくん！
りんごは、ぜんぶで
なんこですか？」
先生《せんせい》がいいました。
「えっ？」
りんごのことを、
すっかりわすれていました。
タミーは、こくばんをみました。
こぶたのおしりりみたいな、りんごのえが、

ならんでいます。

　タミーは、
かあさんが、タミーたちを
かぞえているのを、
おもいだしてみました。

「イーチ、ニイ〜、
サーン……」

　あっ、ぼくたちきょうだいと
おなじかずだ！

「はーい、先生《せんせい》、十三《じゅうさん》こです！」

タミーは、むねをはってこたえました。
ところが、みどり先生《せんせい》は、
くびをよこにふりました。
「ちがいます！
三《さん》こではありません」
えっ……？
タミーは、びっくりして、
いすからおっこちてしまいました。
「せ、先生《せんせい》。タミーは、十三《じゅうさん》こって……」
マキちゃんが、いいかけると、

「いいえ。どうぶつは
たしざんなんて
できません！
う……、うそは
いけないわ」
みどり先生《せんせい》が
いいました。
「マキちゃんは、
うそつきじゃないよう！」
タミーは、かなしくなりました。

おもわず、先生《せんせい》のそばにかけよって、
ズボンのすそをひっぱりました。
「うわぁ、やめて！
とびつかないでっ。
はやく、
きょうしつから
でていって！」
みどり先生《せんせい》が、
しりもちをついて、
さけびました。

6

みどり先生《せんせい》のひみつ

タミーが、なかにわを
とぼとぼあるいていると、
ポチャン！
水《みず》の音《おと》が、
きこえました。
石《いし》の上《うえ》にいた
カメジロウが、
タミーのほうへ

およいできます。
「どうしたんじゃ？
しょぼんとして」
「ぼく、みどり先生《せんせい》を
おこらせちゃった……」
タミーは、ベンチにすわり、
きょうしつでのできごとを、
カメジロウに、はなしました。
「ふーむ。じつはな……、
先生《せんせい》には、ひみつがあるんじゃ」

「ひみつ？」
「ほーじゃ。みどり先生《せんせい》は、
子《こ》どものころ、
こいぬにとびつかれて、
ころんで大《おお》けがをしたんじゃ。
そのせいで、
どうぶつが……、
それも、ちっこいのが、
ダメなんじゃ。
小《ちい》さいどうぶつが

こわいなんて、おかしいじゃろ？
だから、ひみつにしてるんじゃよ」
「なぜ、カメジロウさんは
しってるの？」
「ふむ。このベンチにすわって、
先生《せんせい》はわしに、きかせて
くれるんじゃ。
そういうひみつや、
子《こ》どもたちが、すごく
かわいいってことを……な」

「あっ、ぼく、さっき先生《せんせい》をこわがらせちゃったんだね。
どうしよう。ごめんなさいって、いわなくちゃ。だけど
みどり先生《せんせい》は、ぶた語《ご》がわからないみたい……。
どうして、わかるなんていったのかなぁ?」
「ふむ。できるほうがカッコよくて、
できないのはカッコわるい。
そんなふうにおもって、
つい、できないことを
できるといってしまう。
だれでも、そんなことが

あるもんじゃ。
みどり先生《せんせい》、
きっと、いまごろは
しょんぼり
しとるじゃろ……」
　そういうと、
カメジロウは、
ポチャンと
水《みず》のなかに
もぐっていきました。

7 にんきものタミー

♪ キンコーン、カンコーン……。

休《やす》みじかんです。

子《こ》どもたちが、なかにわにでてきました。

「わぁ、ぶたさんだ！　ちゃんとおすわりしてるよ！」

おんなの子《こ》が、タミーに右手《みぎて》をさしだしました。

タミーは、まよわずその手《て》に、まえ足《あし》をのせました。

「うわぁ、おりこう！」

タミーは、うれしくてたまりません。

おもわずたちあがって、
クルリンと
まわってみせました。
「すごいすごい！」
タミーは、たちまち
にんきものです。
さっきまでのことを、
すっかりわすれ、
子《こ》どもたちと、つぎつぎに
あくしゅをしました。

校長先生《こうちょうせんせい》もやってきました。
「ほう。おおぜい、あつまっているなぁ。ちょうどいい。
だれか、これをおとした子《こ》はいないかい？
けさ、おんがくしつのまえで、ひろったんだよ」
校長先生《こうちょうせんせい》が、
ポケットから
ハンカチを
だしました。
「だれのかなあ？」
「わたしのじゃないよ」

「ちがうちがう」

みんな、くびをよこに
ふりました。

「はい、はーい！」

「ん？　だれだい？」

タミーがおもいっきり
ジャンプしました。

「ぼく、さがせるよっ！」

「お、タミーくんか」

タミーは、ハンカチの

においをかぎました。
赤《あか》いイチゴもようの
ハンカチは、においも
イチゴに、にています。
「わーい、おいしそう！」
タミーのおなかが、
ギュル～ンと、なりました。
「ワハハ、タミーくん。
これは、たべられないよ」
校長先生《こうちょうせんせい》も子《こ》どもたちも、

大《おお》わらいです。
「では、タミーくん、
さっそく
てつだってもらおう！」
タミーは、
校長先生《こうちょうせんせい》といっしょに、
ハンカチのおとしぬしを、
さがすことに
なりました。

8 ほんとうのこと

ここは、二年一組《にねんいちくみ》。

きょうしつから、

なかにわがよくみえます。

「みてみて！　タミーくん、

にんきものになってるよ！」

と、すみれちゃん。

「うん、よかったー」

マキちゃんは、

ホッとしました。
「それより、みどり先生《せんせい》
へんだよね？
マキちゃんのこと、
うそつきだなんて、ひどい……」
　ゆりちゃんが、ぷんぷんして
うでをくみました。
「きょうは、やさしくない先生《せんせい》だ！」
「うん、おこりんぼ先生《せんせい》だ！」
と、やっくんよっくん。

そんな声《こえ》も、きこえないようすで、
みどり先生《せんせい》は、ためいきをついています。
「あぁ、わたしったら、あんなに小《ち》さなこぶたが
こわいなんて」
つい、いじわるしたことが、
はずかしくなりました。
「それに、タミーくんは、
ちゃんと、十三《じゅうさん》こって
いったのかもしれないわ……」
また、ためいきをつきました。

二《に》じかんめ。
こくごのじかんになりました。
「きょうのべんきょうは、
ことばのしりとりです。
たとえば、きつね、
ねこ、こぶた……」
みどり先生《せんせい》は、ハッとして
つぶやきました。
「わたし、先生《せんせい》、しっかくね。
タミーくんに、いじわるして……」

マキちゃんが、先生《せんせい》をみつめます。
「タミーを学校《がっこう》につれてきて、ごめんなさい」
「いいえ、マキちゃんのせいじゃないの。
じつはね……」
みどり先生《せんせい》は、小《ち》さなどうぶつが
こわいわけを、はなしてくれました。
「それに、ぶた語《ご》は……、
えい語《ご》よりむずかしいわ。
タミーくんがいったこと、
ぜんぜん、わからなかった。

ごめんなさいね、マキちゃん。
わかったふりして」
「なーんだ、よかった。
あたしだって、ブーブウとしか
きこえないもん」
「わたしも！
マキちゃんは、まい日《にち》
いっしょだから、わかるんだよね？」
すみれちゃんとゆりちゃんが、顔《かお》をみあわせました。
「ぼくもうそついちゃった。ぼくがつっつっついたから、

わらったんだよ。ブヒッて」
「耳《みみ》にいきをふきかけたから、
わらったんだよ。ブヒブヒッて。
おならじゃないんだ」
やっくんよっくんが、
タミーの声《こえ》まねをしました。
「まあ、あなたたちったら！」
みどり先生《せんせい》が、いつもの
やさしい顔《かお》にもどりました。

9 おとしぬし、みーつけた！

「なんだか、スースーするにおい、ここは、なにをするところ？」

タミーと校長先生《こうちょうせんせい》は、ハンカチのおとしぬしをさがして、学校《がっこう》のなかをまわっていきました。

「けがやびょうきの、てあてをするところだよ」

「あっ！　ぼく、きのう、ゴッチーンてあたまをぶつけちゃったよ！」

タミーは、ほけんしつの先生《せんせい》に、
ばんそうこうを、ペッタンと
はってもらいました。

「あっ、こんどは、
あまーいにおいがする！」
「ここは、きゅうしょくしつ」
おばさんが、タミーに、おいもの
はじっこをくれました。
「きょうのデザートは、スイートポテトですよ。

ちゃんと、タミーくんのぶんも、ありますからね」
校長先生《こうちょうせんせい》は、きゅうしょくのおばさんと、
なかよしなのです。
ほけんしつの先生《せんせい》も
きゅうしょくのおばさんも、
ハンカチをみて、
くびをよこにふりました。
「なかなか、おとしぬしが、
みつからないなあ」
校長先生《こうちょうせんせい》は、もういちど、

ハンカチを、タミーにみせました。
「あーっ！　そういえば……。」
タミーは、おもいだしました。
みどり先生《せんせい》のズボンをひっぱったとき、
イチゴみたいなにおいがしたことを。
「ぼく、わかったよ！」
タミーは、ろうかを、
トントコ、トッタカ、
いそいでいき、
マキちゃんの

きょうしつにとびこみました。

「あっ、いけない！」

タミーは、先生《せんせい》にとびつきたいのをがまんして、たちどまりました。

すると……、

「まあ、タミーくん！もどってきてくれたのね」

先生《せんせい》が、タミーを、

ぎゅっとだきしめてくれました。
「さっきは、びっくりさせて
ごめんね！」
みどり先生《せんせい》は、
やっぱり
イチゴみたいな
いいにおいです。
「おぉ、タミーくん、おてがらだよ。
おとしぬしが、やっとみつかった！」
校長先生《こうちょうせんせい》が、みどり先生《せんせい》にハンカチをわたしました。

つぎの休《やす》みじかん。
タミーは、はじめてのすべりだいで、
シュルルー、シュルルー。
はなをひろげ、
いきを
いっぱいすって
すべります。
子《こ》どもたちも、
シュルルー、シュルルー。
はなをひろげ、いきをいっぱいすって、すべりました。

三《さん》じかんめ。
おんがくのじかんです。
みんなは、きょうしつに
もどりました。
タミーは、
クルクル、クルリン、
うたいながらおどります。
子《こ》どもたちも、
クルクル、クルリン、
うたいながらおどりました。

四《よ》じかんめ。
ずこうです。
タミーは、ねんどで
ペタペタ、ペッタン、
カメジロウをつくり、
あたまにのせてあるきます。
子《こ》どもたちも、ねんどで
ペタペタ、ペッタン、
カメジロウをつくり、
あたまにのせてあるきました。

おひるになりました。
タミーは、きゅうしょくを
たべています。
校長先生《こうちょうせんせい》もいっしょです。
「わーい。あまくておいしい！」
はじめてのスイートポテトは、
わすれられないあじ。
「ぼく、また
学校《がっこう》にきたいなぁ……」
タミーは、つぶやきました。

校長先生《こうちょうせんせい》から、それを
きいたみどり先生《せんせい》は、
「タミーくん、ぜひまたきてね！」
タミーのあたまを、なでてくれました。

かえり道《みち》、
「ぼく、校長先生《こうちょうせんせい》や、みどり先生《せんせい》にあえて、
うれしかったよ。でも学校《がっこう》には、もうひとり
すごい先生《せんせい》がいるんだ。ぼくにとって、いちばんの
先生《せんせい》だよ。ブフフ、それはね、あのね……」

タミーがいおうとすると、マキちゃんがこたえました。
「それ、カメジロウさん？」
「わっ、あたりだよ！　ねぇ、
マキちゃんも、そうおもった？」
「そうね。タミー、あのね……、
すてきな一日《いちにち》だったね！」
「うん。はじめてがいっぱい、
すてきな日《ひ》だった！」
タミーは、くねくね道《みち》の
まんなかで、クルリンとまわりました。

さか道《みち》をのぼり、
白《しろ》いさくをくぐりぬけ……、
イチ、ニイ、ピョーン。

「ただいまー!」
タミーは、
かあさんのところに、
もどってきました。

作者●かわのむつみ

千葉県生まれ。横浜国立大学卒業。日本児童文学者協会会員。「ふろむ」同人。作品に『こぶたのタミー』（国土社）『やまのうえのともだち』（小学館おひさま大賞、日能研通信教育教材『知の翼』に採用）。共著に、『お鈴とまめ地蔵』（文溪堂）『じいちゃんは手品師』（ポプラ社）『青い月の謎』（偕成社）などがある。

画家●下間文恵（しもま あやえ）

千葉県生まれ。武蔵野美術大学造形学部油絵学科卒業。ゲーム会社や文具会社でキャラクターや背景制作のデザイナーとして従事。現在はイラストレーターとして、ポスターなどの販促物、雑誌や知育ドリルの挿絵、キャラクター制作、ロゴデザイン、Webサイト用イラストなど幅広い媒体で活躍。挿絵に『こぶたのタミー』（国土社）がある。

こぶたのタミー 学校へいく NDC913 87p

作　者＊かわのむつみ　画　家＊下間文恵
発　行＊2016年11月30日　初版1刷発行
発行所＊株式会社　国土社　〒102-0094 東京都千代田区紀尾井町3-6
電話=03(6272)6125　FAX=03(6272)6126
URL=http://www.kokudosha.co.jp
印　刷＊モリモト印刷株式会社　製　本＊株式会社難波製本　ISBN978-4-337-33630-8